フルートともがり笛

荒木三井

文芸社

フルートともがり笛　目次

I　北の思ひ出

II　佛　手

フルートともがり笛

荒木三井歌集

I　北の思ひ出

はまなす匂ふ

あかしやの芽吹きをさなき並木路そこはかとなく草匂ひ来る

さし潮か運河の水のわづか揺れ朽ち船の舷うつ小さき波

うす日射す岩にのり採る女たち引く汐追ひて岩移りゆく

はまなすの匂ふ砂浜石狩の波頭に夏の陽のくだけ散る

石狩の浜に寄りきし流木に浜昼顔はまつはりて咲く

秋立ちて蝦夷蟬は朝をしき鳴けり霊迎ふ日の佛壇きよむ

冴えざえと木立に響くきびたきの声夕霧らふ空に透れる

並み植ゑしななかまどの葉もみぢせり一樹一樹の色異りて

残光の小樽の海にたゆたひて燈台の灯強さ増しきぬ

しらじらと水脈《みを》ひく船のあと追ひてゴメは波間をのぞくごと翔ぶ

落ちつづく一位の朱実《あけみ》手に受けて含《ふふ》めば甘き孤愁湧ききぬ

裸木となりてあまたの節くれを露はに雄々し谷地《やち》樟《だも》の木々

たは易くこぼたれて無慚雪像のいのち裂かるる想ひの過ぎる

冬濤

意志もちて風貌変ゆると思ふまで流氷の海自在の魅惑

枯葦の群立つかげに羽交ひなし吹雪の中にみじろがぬ鶴

斑《むら》消えの雪に莟の白に黄に苞より透けてクロッカス咲けり

から松の枯実にまがふ野の小鳥こぼるるごとく下降して翔つ

冬囲解く庭すみに毒もつとふなにはづの黄花ひそやかに咲く

小樽の海の冥《くら》き潮騒とどくときレリーフの多喜二眼《まなこ》ひらくや

視野ちかく降りくる雪の斜度強し真直ならざるわが思惟のごと

煌《きら》ふ雪かげりもつ雪緩やかに穢れし庭面《にはも》浄めつつ降る

枯骨の触れ会ふさまに揺らぎゐし裸木ことごとく新芽吹き出づ

雪裂けのつつじの枝はささくれしままに莟のふくらみてをり

立ち迷ふ靄に木立の遠のきて霙るる雨に団地しづもる

常あらき浪打ちよする海沿ひに低き家並のつづく日高路

葉紋を秘めていく年《とせ》この浜にシャクシャインの乱見し化石かも

再びを訪ひし小樽の多喜二の碑錆びしレリーフの深き鎮もり

切れ込みし屏風の巌かいまみせなほ侵蝕《をか》しつつしぶく冬濤《ふゆなみ》

絶壁に張りつくごとき番屋あり春待つ煙ほそくなびかす

群来《くき》の幻

知床の山塊果つる岬端《さきはな》の平らなる丘神威斎庭《かむいゆには》か

白みくるサシルイの谷風巻きこみて大鷲は翔つ茜さしきつ

傷つきて瀕死の牝狐四日間守りつづけし牡狐をりぬ

運ばるる牝狐目守り去りがたき牡狐の背《せな》に雪降りしきる

如月の厚田の浜やあい風のすさぶ灯台氷塔と化す

あい風は群来《くき》きし夢を偲ばせて厚田の村に春よびて吹く

あい風の強き厚田の浜なれどかんばの幹に樹液のぼらむ

アツシ織る楡の樹皮剝ぐ老いびとら呪禁《じゅごん》つぶやき木に禱るなり

日にいくど厚田の浜に沖を見る古老は群来の幻を抱《だ》く

更けしづむ闇をゆるがす落雪の次の音待ちひとり覚めをり

流氷に乗りて南下の大鷲のまなこに光とどむる夕日

氷塊をつかみて休む大鷲の金のまなこの光り鋭し

重なりし氷塊翳るオホーツク蒼き静寂《しじま》に魅きこまれゆく

浅春碧落

転倒の記憶まざまざ腰にあり新雪おほふ凍道《いてみち》の上

雪解けし地《つち》よりのぞくもみぢ葉の去年のままなる彩を手にとる

雪の下かくり来し水静かにも芽吹く柳の根を洗ひゆく

雪解道さんざめきくる少女らのまぶたに血のいろさす新学期

靄こめて暮れゆく団地隣家の木蓮の芽立ちほのかに見ゆる

古沼にうつる辛夷のかげ乱し魚釣る少年に水照《みで》りあかるし

虎杖《いたどり》の茎立ち赤き谷のみち二輪草の白のまぶしき群落

姥百合のつやある巻葉ほぐれきぬ血流のごと葉脈しるく

その根本の海老茶目にしむアイヌ葱小さく束ねてならぶ店頭

陽の在処かそかに透きて藻岩嶺の鉄塔ときをり鈍く光れり

炎《ひ》のいろに染まる石狩河口にて大き吐息となれる波立つ

茶に乾くあぢさゐに昨夜《よべ》の雪つみて朝光《あさかげ》のなか球形たもつ

古墳より出土の銅鏡かくやとも吹雪くかなたの低き日輪

雄冬の浜に網ひき了へし老漁夫はくはへ煙草に海を見て佇つ

日焼けせしかほに鱗の光りゐる漁夫は両手に大き魚下ぐ

転換の職場もとむる漁師らか減船の浜にバスを待ちをり

木の芽萌やしの雨に小雪の混じりゐて雪解の水音《みおと》地底にひびく

ま陽《ひ》しづめ光る雪消の水たまり風のまにまに虹いろの浮く

吹雪くなか春の気配をつかまむと聴き耳たつるパラボラアンテナ

ただに澄み鳥かげひとつ見あたらぬ浅春《せんしゅん》碧落《へきらく》軀《み》の透けてゆく

春配る女神のをゆび触れたらむ梅の古木にみどりほのめく

流氷に閉ざさるる海に浮く妖精幻影のごと揺るるクリオーネ

胸にともす一滴の赤クリオーネの透くいのち守《も》る流氷の海

吊り洋燈《ランプ》

桜狩いざなひくるる友のこゑに静内への旅よみがへりくる

靉靆《あいたい》の空につづける桜花《はな》トンネル春駒跳ぬる静内の牧

調教の若駒の背《せな》汗ひかり散る花片《はなびら》のいくつつきゐき

から松の林にあをき風響《な》りて深山りんだう群るる静内

松前藩覆滅はかるシャクシャインのチャシ跡に建つ勇姿かなしも

娘とともに秋晴れの小樽満喫のひとときシャガール・レービン展見る

夕日光ピンクの破片《かけら》ふり撒けば小樽の海は饒舌となる

古き佳き雰囲気ただよふほの暗き小樽の茶房に午後を憩へり

たゆき足はこぶ茶房にまたたける吊り洋燈《ランプ》に甦《かへ》る人恋ふこころ

雪まつり過ぎショベルカーのつき崩す雪像の傷み身のうちはしる

白き大地にすつくと立ちて魅了せし雪像瞬時に雪くれとなる

勇払原野

点綴の赤むらさきの柳蘭勇払の野の朱夏をいろどる

勇払の原野に立てばその昔の滅《かみ》びし民族《たみ》のこゑはこぶ風

同族《はらから》を守りて立ちしシャクシャイン謀られて逝きし霊かへる野辺

勇払の野の幻聴か草わたる風啾啾《しうしう》の鬼哭《きこく》ともなふ

思ひこらし原野の欷歔《ききよ》の音を聴かむ杳《とほ》きみ祖の悲恨のみこゑ

宵に咲きあしたに凋む待宵草《まつよひ》の勇払の野に誰を待つらむ

民族《たみ》のため戦ひて逝きしシャクシャインの招魂《たまよばひ》宵《よ》ごと咲くやまつよひ

人影もまばらな湖《うみ》の中ほどに浮きゐる白鳥雲に溶けつつ

羽ぬけ鳥とみゆるもをりてとどまりし白鳥しきりに羽づくろひなす

みじろぎもせずに佇《たたず》む青鷺の孤影水面に揺れてかげ置く

曇天の湖上をわたりくる風に青鷺の冠毛ときをり吹かる

長き頚たたみて翔ちし青鷺の右岸の芦辺に軽く降り立つ

丈高き湖岸の芦のなびかへば佇ちし青鷺寥寥として

勇払の原野にほろびし民を啼け青鷺のこゑは哀しみ告げむ

ドロの樹の葉うらかへして夏風にたはむれ光るウトナイ湖畔

Ⅱ 佛手

老いづきし夫

吾がために姑《はは》との別居貫きしを忌の近まれば悔む老夫《おいづま》

「ルナールの日記」読みくるる夫と在りそのイロニーに笑ひ合ひつつ

音立てて空揚の魚噛む夫に何がなし安堵のおもひ湧ききぬ

門までの吹きだまり路除雪なしただそれのみに居眠れる夫

おとろへし身をかこちゐる老夫の除雪にかじかむゆび揉みやりぬ

いたきところ衝きくる夫に瞋《いか》りつつ肯ふこころわれと口惜しむ

なにやらむ根気の失せし老夫をいたはればときに侮りととる

千曲川旅情のうたを吹きくれし夫のフルート聞かず久しき

たはやすくこゑあらあらぐる籠もり夫老ゆれば怒りも生きの証か

なすことなく唯に寿命の長かるを天罰のごと自嘲なす夫

指先の痺れによきと胡桃二つ艶つやとして夫の手に在り

敬老の日に賜《た》びし湯の花ふり入れし湯槽に夫の口笛きこゆ

脳梗塞に倒れし夫

脳梗塞に倒れし夫に予期したるごとく冷めゐし己怪しむ

日を経るにつれて怖れの渦巻きぬ麻痺の夫の手ただに撫でつつ

配本を告ぐれば麻痺の手をみつめいつ読めるかと横向きし夫

言語障害意識障害なかりしを束の間なれどよろこびてみし

野の花のペン画やさしく描き添へし友のはがきを夫に読みやる

外の陽を恋ほしみて麻痺の手を撫づる夫の肝斑浮きてみゆる日

木偶《でく》のごと意志の通はぬこの足とさびしむ夫に言葉なく佇つ

転院

転院をきめて自信を持つ夫か足のはこびの今日確かなり

幼児《をさなご》のごと意気ごみて外科医師の前に歩みてみする老夫

去年は喜寿今年金婚の夫ながら痺るる手足かこつ身となる

使ひ易き爪切ひとつ購《か》ひしのみに痺れのとれぬ夫の面かがやく

麻痺の夫想へば雪庇踏むごとし癒ゆるも宿命《さだめ》崩るるも運

退院

退院の夫待つ家に手摺りなど取付け終へてわづか安らぐ

花束を持ちて祝の娘や孫に誕生日の夫饒舌となる

感覚のにぶき指先の鍛錬と夫打つタイプ「つまらぬ」の文字

病み上がりの夫の濡れ髪梳きやりぬ頭にも老斑あるはかなしも

病む夫の足に温みの戻り来て朝よりの冷雨小降りになりぬ

イーゼルを立てて習字の麻痺の夫白くなるほど唇を噛む

夕ながくなりし日ざしに病む夫の端居《はしゐ》して読む好きなリルケを

遅々として進まぬ読書さりながら意欲の失せぬ夫をうれしむ

病む夫が古文書学ぶとセットせしビデオの止まる音真夜に聴く

吹く風に冠毛のごと立つ白髪試歩なす夫は脇目もふらぬ

馬耳と言ひ頓馬と嗤ひわがことごと馬脚あらはと夫の蔑《なみ》せり

雑言を吐きつつ嗤ふ夫のゐて麻痺の身ながら幸とおもへり

間を置きて時雨るるひと日灯を点し照明つきのルーペ持つ夫

人麿の座像に似たる小さき石吾の守りと夫の拾ひ来

髪つみし夫の衿足簡便の剃刀に剃れば少年のごと

迎春

許されし徳利一本ゐらぎ飲む夫に一皿足す歳の膳

初湯あみすませし夫は半身の不随を忘れほのぼのとをり

痺れゐる手に初みづの嗽《うがひ》なし自ら祝《ほ》ぎて合掌の夫

軀《み》の痺れ去らぬ傘寿の夫と酌む新年のみ酒《き》に生命さきはふ

己へと収斂しゆく齢なるになほ不随なる夫に寄りゆく

佛手

鬱積のやりばなき夫思ひ切りボリューム上げて「英雄」を聴く

愛蔵のフルート孫に遣りたしと呟きし夫そのあと黙《もだ》す

除雪後の痛むわが腰揉みくるる麻痺の夫の手佛手《ぶっしゅ》とも思ふ

透明の蜜貯へし冬林檎味覚おとろふ夫よろこばす

平穏なる日々

父の日に娘の持ちくれしボルサリーノの帽子に甚《いた》く満悦の夫

痺れゐる身に旅おもふ夫なれやいくたびも帽子被りては脱ぐ

舅《ちち》の齢《よはひ》遥かに越えて永らふる夫の脳《なづき》の未だ衰へず

夫と生くる五十余年のピンキリに読書法伝授受けしはピンなり

舅の形見の懐中時計を麻痺の手に慈しむごと磨きゐる夫

古書目録網羅の冊子届きたり外地に置き来し本の名探す

失ひし本の名に朱線引く夫は老いて視力の衰へかなしむ

八十を越えて長寿をなほ希ひ次ぎて新書を注文の夫

読書なす夫の後姿《うしろで》しよんぼりと見ゆる日はただ呼びかけてみる

肩甲骨にさやるマットの凹凸を痛がる夫の背撫《せな》づる真夜

雪道のわづかの段差に躓《つまづ》きて転《ころ》びし夫はわが手押しのく

差しいだすわが手拒みし夫の眼に己を恃む強さをみたり

ルナール全集購《もと》むか止すか病む夫の己が寿命を計りゐるらし

ブレークの筋骨隆き銅版画麻痺もつ夫の黙しみつむる

珈琲の時間ですねと催促の夫に挽くモカ今朝薫りよき

好物の蟹にピッチを上ぐる夫催促の徳利たかだかと振る

吹けずなりしフルートの音を恋ふ夫の面寂かなりもがり笛鳴る

朝毎のひげ剃る音を聞かぬ日は夫の痺れの強きを憂ふ

七度びの干支《えと》をむかへし夫ながら読書つづくる気力寿ぐ

禱り

嫁してより躾けられ来し五十五年じやじや馬馴らし諦めしや夫

握力計の目盛ひとつの増減に今日の手力夫《たぢから》は占ふ

死は怖れずとつね言へる夫検査書を丹念に読む矛盾笑へず

双手つき立ちあがる夫の身の弱り口にいださば己挫けむ

手に重きドナルド・キーンの書を読むと大きルーペを持ちなほす夫

ブランデーのグラス傾け和む夫この小安の永かれと祈《ね》ぐ

陶然と酔ひて呂律のあやしきに漢詩など聞かする夫をうれしむ

軽くなる筈なき夫の病勢の現状維持を初日に禱《いの》る

夫の傷み

敗戦の外地に糧を得むがため売りし蔵書の脳裏去らずとふ

荷車に蔵書を積みて商ひし夫の傷みの計り知られぬ

マルクスの本まつ先に売れたりと蔵書手離す夫暗かりき

形見とし孫に送るとねもごろに芥川全集包みゐる夫

空威張りと分りてもなほその気力保《も》ちゐてと夫の寝顔みつむる

足掻きてもたかが知れたる余命とぞひねもす書物手離さぬ夫

半世紀余互みの思慮を理解せぬ儘に所謂夫婦とふ絆

病み長き夫の辛さを計る秋変化なき日々蒼天に祈ぐ

夜半《よは》に聴く夫の頁を繰る音に未だ気力ありとわづか安らぐ

夫のリハビリ

臥床十日夫の脚力衰への著《しる》き夕べを痩せし足撫づ

リハビリを躊躇ふ夫に語気つよく娘の言へばつと涙ぐみたり

歩行器に縋りリハビリなす夫に甦り来し気力うれしむ

輝きて話すとき夫の心搏の音聴くごとし言葉尊し

許可されし外泊の一夜寝もやらず本棚の本出し入るる夫

いたはられゐるとは知れど無視さるる思ひに傷つく夫をかなしむ

不本意の来し方と思ひゐるならむ病みながき夫の蹉跎《さだ》の道のり

ありがたうのことば素直に告《の》る夫よ沽券捨てしや胸処ぬくとし

夕照りにテラス一面耀けば読書の夫の塑像となりぬ

別れ

雨の薄暮土うつ音のかそかにてふと亡き夫の歩みくる音

夫在りし日のごと時計のアラームの書斎に今日もかそか鳴りをり

杖持つに滑らぬからと亡き夫の馴染みて擦れし革の手袋

図書届き学鐙《がくと》届けど輝きて開きし夫の笑顔いまなし

読みかけの本の栞を掌に挾み亡夫のぬくもり探す幾たび

床の上に端然と座し漢詩聴く夫の姿の彷彿として

夫の癌巣いつより育ちゐしならむ痛苦なかりしことよろこばむ

着て見するコートに「応《おう》」と言ひし夫初秋をいそぎ旅立ちゆけり

雪割りてのぞく庭面の福寿草夫なき早春《はる》をひそと華やぐ

妻の枷否《かせ》応もなく解かれしが自縄自縛の縄目のきつさ

憧れし自由は正にわがものとなりしが伸ばす手空切るばかり

年々の面影のこるうつし絵の髪の色にも想ひ出は顕つ

絹貼りの小箱に入りしまろき磁器詰めし朱肉に夫の篦跡

墓所の前うから集ひて亡夫《つま》の骨土に還さむ儀式なしたり

黄泉の口脆き夫《おっと》の骨こぼす音は耳底に永遠《とは》に鳴りゐむ

亡夫の骨壺佛間に在りし一年は守らるるおもひふかかりしかど

亡夫の書架亡夫のオーディオ身めぐりに置くのみにわづか安らぎて臥す

Ⅲ

めまひするばかりに邃《ふか》き

引揚

年々の五月は満洲引揚の惨苦つぶさに昨日のごと顕つ

引揚時の貴重品袋に変色し子らの臍の緒皺みて出でぬ

近ぢかと死に対《む》きてゐし敗戦の外地になまじの思考などなし

日々の糧得むため夫の蔵書売り敗戦の外地に援け待ちたり

強き口調に帰国計ると約したる野坂参三若かりしかな

せめてもと持ちし写真も没収の錦州駅に想ひ出捨て来

無蓋貨車に牛馬のごとく積み込まれ地の涯の大き落日を見き

リバティー船の筵を敷きし鉄床に雑魚寝三晩の引揚げなりき

五十余年経てなほまざと憶ひ出づ黄雲龍氏とふ中央軍兵士

軍律の厳しきなかを朝毎に馬穴《バケツ》にうどん持ちくれし黄氏

蔣介石の中央軍と聞きしかばいま台湾に老いてゐますや

恙なく御存命なら喜寿近き齢と思ふ黄雲龍氏

敗戦の満洲に敵でありし人慈悲の心を残し行きけり

わがめぐり戦争未亡人と呼ばれ来し媼《おうな》いくたり若やぎて生く

故里の春秋

常陸野に野焼きのけむりたゆたひて蝌蚪《くわと》の後脚生るるころほひ

末黒《すぐろ》なす白茅《ちがや》角ぐむふるさとをひた恋ひにつつ北に棲み古る

れんげ田にまろびて戯れしその昔を偲《かみ》ぶ春夜は齢さびしむ

男神《をがみ》女神《めがみ》在《い》ます筑波の双峰《もろみね》はわが産土神《うぶすながみ》はるかをろがむ

翼《よく》あらば翔《か》けりゆかむのふるさとは離りて懐《おも》へと人は言ひしが

父母在《ま》さぬふるさとゝほし朝夕に仰ぎし筑波嶺秋深みゐむ

双つ嶺錦繡炎えて空を抜く母校の校歌に讃へられゐし

鷲棲める筑波の燿歌《かがひ》詠《よ》みたりし虫麿なども秋は憶はる

筑波嶺に湧きて流るる男女川《みなのがわ》淵となる恋詠まれし帝《みかど》

縦横に切られし運河雲うつし田舟の水棹《みざを》高く見えゐき

常陸風土記ひもとく夜は世が世ならなどと語りし祖母懐ひいづ

幾層にも巻き締めしごと深き闇ふるさとの空想ふひとつ星

幼日《をさなび》の虫送り行事見し記憶まざまざ甦《かへ》りそよぐ早苗田

里芋の葉におく露を竹筒に溜めて七夕の墨磨る慣ひ

仄暗きみ堂に佇たす観音のみ掌《て》にみえゐし長き運命線

幾年月衆生の煩悩《なやみ》聴きて坐《ま》すおびんづるさま目鼻口失す

皺《しぼ》あらき縮緬接《は》ぎし巾着に祖母は想ひ出いくつ秘めゐし

鉄漿《おはぐろ》を納めし箱の小引出し祖母の紅猪口《べにちょこ》玉虫のいろ

幼き日手提に刺繡なしくれし母のさくらの愛《かな》しうすべに

派手となりし衣類を解きて細く裂き紡ぎて織りし帯もありしが

古着解く母の心に遠き日の夢の名残のありしならむか

老いづけばやさしさのみが残りゐて昔の意気地失せし弟

孤独よと涙ごゑにて訴ふる弟励ますわが空元気

幸せを言ひ聞かせつつ過ぐす世かわづか彩《いろ》さす雨の紫陽花

逝きし娘

病葉の乾きし音に散るあした召されて逝きし娘の面《も》静けし

娘の逝きて色即是空の思ひ深く自慰と知りつつ誦す般若経

蕭條と時雨降る中納骨の娘の骨箱は銀の十字架

娘の骨を納めし墓処にその夫は花敷きつむと時雨に濡るる

草もみずひそと華やぎ風花の舞ひ舞ふなかに亡き娘片恋《かたこ》ふ

逝きし娘の魂《たま》還れよと念《おも》ひつつ年守《も》る鐘の余韻追ひをり

袖口のほつれも愛し逝きし娘の形見の服を孤り繕ふ

幾度も文字滲み来ぬ逝きし娘に念ひかさねて読む寒蟬集

鈍り来し五感言ひ合ふ老二人亡き娘にかくる想ひのみ敏《と》し

蠟の灯の炎立《ほだち》の長きこのあした彼岸の入りを亡き娘に告げぬ

郭公の啼く音「母よ」と逝きし娘の呼ばふるこゑに聞こゆるあした

まつはりてはなれぬ蝶のひとつをり娘の精霊か新盆ちかし

再婚を告げ来し婿を肯ふも娘の遺影いつまでも撫づ

陽炎の炎裏《ほうら》に歪み手を振りて近づく亡き娘須臾に失せたり

逝きし娘の移り香残るブラウスをしばし抱きしむ 衣更《ころもがへ》の日

魂を喚ぶ音と聞こゆる風鈴に亡き娘持ち来し夏甦る

めまひするばかりに邃《ふか》き秋の空ああこの蒼と見上ぐる娘の忌

待ち合はすバス停への道揺れながら孫は逃げ水踏みて近づく

娘の墓に婿の供へし花ならむ瑞《みづ》みづとして朝光のなか

閼伽桶に水満たし来て母眠る墓石撫でつつ孫はかけつづく

娘の遺骨墓室に朽ちてゐるならむ十年経てなほ抱きしむる影

大樹なき墓原つかみどころなく心の翳りみすかされゐつ

祥月にあらねど供華を活け替へて今年最後の娘の忌に誦経す

うつむきし鈴蘭水仙の白珠は夢にのみ逢ふ亡き娘の滴

かそかなる音に散りたる芍薬の供華ゆゑ亡き娘の囁きと聴く

淡きいのちひたすら生きて駆けゆきし娘の魂いつもわれに向きゐる

三人子を遺し旅立つ娘の念ひ十年経てなほ胸刺しやまず

父よりも母の死よりも愛しかりし終の娘の笑み目裏《まなうら》にありて

供華の百合かそか香にたつ娘の忌日秋雨《あきさめ》溟《くら》く降りつづきをり

わがうたに涙しくるる友のゐて胸裡《むなぬち》ぬくく娘の忌日過ぐ

年経ちて亡き娘を偲ぶときの間の隔たりながくなるを気付く日

詮もなきこととし思《も》へど蜻蛉《あきつ》さへ娘の化身かといとほしみ見る

誄《しのび》うた人知れず詠み魂招《たまね》ぎの九月娘の忌をこころ潜むる

おもひでの古都

京よりのみやげ届きて忘れゐし古都を尋ねし日の立ち甦る

逝きし娘を偲びてめぐる古都の春旅のこころに沁むる底冷え

杳《とほ》き日の想ひ出辿るここちして篁《たかむら》さやぐ嵯峨野路あゆむ

野宮の玄木の鳥居もの寂びて恋を怨ずる御息所《みやすんどころ》顕つ

化野に躬《み》をよせ合ひて声明《しやうみやう》のこゑ聴きゐます石佛の群

面ざしもさだかならざる石佛に地蔵和讃の一節手向く

大原の草生《くさお》の里を尋ね来て寂光院のきざはしを踏む

盛者必衰のことわりかなしこの里に佗び住みし院を偲ぶ木像

可惜《あたら》しきおもひに院を憫《あはれ》みつ寂光院の曼陀羅拝す

門院の小さき奥津城詣でつつ薄き運命《さだめ》を松風に聴く

三千院老杉《ろうさん》洩るる 春陽《しゅんやう》に異なる彩光放つ苔庭

杉木立覆ひし堂宇寂寞と苔に吸はるる声明のこゑ

檜皮葺《ひはだ》の屋根の反りさへ嶮しかり大原問答せしとふ禅寺

濡れかかる雨に侘びしき旅衣娘の回向にとみあかしを上ぐ

ささやきの小径《こみち》とふ名も夢ふふむ疎水に沿ひし木隠れの径

南禅寺の二層の山門見上げつつ五右衛門の大き髻《たぶさ》うかべぬ

黄昏の寂静《じやくじやう》充つる南禅寺湧ききし靄に塔頭おぼろ

狭き軒つらねて粋に灯をともす祇園の繊《ほそ》き格子覗きぬ

祇園社の囲りいろどる提灯に灯の入りて書きある名の華やげり

逝きし娘の魂鎮めにと来し古都に自《し》が煩悩をもてあます旅

安芸路の旅

雪雲の層なす北をさかりきて春ともまがふ安芸路にたてり

宮島の冬陽を背《せな》に娘とみあぐもみづる山にこころ染まりて

寂静のなかになまめく厳島蜃楼《しんろう》となりて海に浮きゐる

須佐之男之命《すさのをのみこと》の佩《は》きし剣より生《あ》れましし女神《じょしん》三柱《みはしら》を斎《いつ》く

きらびやかに威儀を正してあゆみけむ朱廊に頭つは平家公達

鮮やけきみどりの連子朱に映えてふと上臈のおもかげをみる

等間隔にのきに下がりし釣灯籠片照りてかげくきやかに置く

朗らうと吟じ舞ひたる能舞台ものさびさびと素《す》のすがたみす

蒼天を截りて高処の五重の塔朱色に黒の彩色《いろ》の婀娜《あだ》めく

瀬戸内の夕波寛《ゆた》に朱の鳥居満たして宮居の裳裾をあらふ

被爆国の象徴として遺されし原爆ドーム　オブジェめきたる

折鶴を掲ぐる少女の像みつむ平和公園名の空虚《むな》しかり

五十五年経てなほ原爆資料館に二十余万の歓泣を聴きぬ

三歳の男児《をのこ》の乗りゐし三輪車焼け焦げてあはれ形とどむる

女学生の着衣に被爆の跡しるく襤褸《らんる》となりて皮膚片のつく

銀行の石段《きだ》にまざまざ遺りをり坐しゐし人の戦争のかげ

なまなまと剝がれし皮膚を下げ歩む人形ながら酷き一画

昏れなづむ広島の空みあげつつ残照に祈《ね》ぐ核なき地球

北国の牧場

吹雪く牧湯気を吹きつつ運動の孕胎《ようたい》の母馬みなはしやぎをり

雪雲を裂きて陽光牧に落つ母馬の全身汗にまみるる

かかへゐる胎仔《はらご》も共に駆くるらむきりりと締まる母馬の腹部よ

幾十頭いたはり合ふとみゆるかな母馬無意識の絆に群るる

並足となりてゆるめる母馬のながき睫毛に雪のりてをり

母馬のまなこうるみて膨らみし腹部大きく波打ちてをり

掛《かけ》ごゑをかくる牧夫の血走りしまなこに必死の祈りみえたり

前肢だ「それ踏む張れよ」と母と仔に力みて手を借す飼主の汗

生れてすぐ立つ仕ぐさなす仔馬の瞳《め》宿す光の浄さ忘れず

防寒着着せられし仔馬残雪の牧場恐ごは踏みしめてゐる

母馬にそつと押されて前のめりに仔馬は小走りに雪原に出る

ほそき後脚蹴上ぐるさまに跳ねてみつ忽ち母に駆けよる仔馬

仔馬みる母馬の瞳のやはらぎて春昼の光北にあまねし

優駿となりて馳する日夢見るか仔馬の瞳に映る春空

畢

あとがき

昭和五十六年の春、誘われて「彩北」短歌会に入会させていただき、学生時代以来四十五年ぶりの、文字通り六十の手習いを始めることになってしまいました。

年老いてからの勉強は、仲々むずかしく、苦しいこともありましたが、少しは性分に合うところがありましたのか、これまでの趣味とは全く違う雰囲気の中に、ひとときでも浸る喜びが分って参りました。

お仲間とのあたたかい交流も生まれ、楽しい時間を共有させていただく幸福な二十年が、あっと言う間に過ぎました。

ここに参りまして、私の拙い歌が歌集としてまとめることになるなど、夢にも考えて居りませんでしたのに、八十三歳にして初めての、そして恐らく最後であろう歌集を刊行することになりまして、唯々感慨無量で居ります。

この一冊が子や孫への、唯一の言葉の想い出となって遺りますことを思いますと、何か熱いものがこみ上げて参ります。

この後も、心身共に健康で居ります限り作歌をつづけ、大切な友人たちとの交わりを、つづけて参りたいと願って居ります。

荒木　三井

平成十三年九月

著者プロフィール

荒木　三井（あらき　みつい）

1918年（大正7）3月1日　茨城県龍ケ崎市生まれ
県立土浦高等女学校卒業
「彩北」短歌会所属

フルートともがり笛　荒木三井歌集

2001年12月15日　初版第1刷発行

著　者　荒木　三井
発行者　瓜谷　綱延
発行所　株式会社 文芸社
〒112-0004　東京都文京区後楽2-23-12
電話　03-3814-1177（代表）
03-3814-2455（営業）
振替　00190-8-728265

印刷所　図書印刷株式会社

ISBN4-8355-2928-6 C0092